ESSAI

DE

POÉSIES CHRÉTIENNES

PAR

Dussaud, Pasteur.

VALENCE,

CHEZ MARC AUREL FRÈRES, IMPR.-LIBR.

PARIS,

RISLER, Libraire, rue de l'Oratoire, 6.

1836.

ESSAI

DE

POÉSIES CHRÉTIENNES.

VALENCE, IMPRIM. DE MARC AUREL FRÈRES.

ESSAI

DE

POÉSIES CHRÉTIENNES

PAR

L. DUSSAUD, Pasteur.

VALENCE,

CHEZ MARC AUREL FRÈRES, IMPR.-LIBR.

PARIS,

RISLER, Libraire, rue de l'Oratoire, 6.

1836.

A Mr Gounouilhou,

à Genève.

—

Très-cher Monsieur,

Depuis long-temps je voulais témoigner ma reconnaissance à vous et à votre respectable famille. Je le fais aujourd'hui en vous offrant ce petit livre. Veuillez en agréer la dédicace.

Votre reconnaissant et affectionné,

L. Dussaud, Pasteur.

Saint-Agrève, avril 1836.

POÉSIES CHRÉTIENNES.

I.

I.

GLOIRE au Seigneur! Chantez sa gloire!

Peuples, les temps sont accomplis!

Et de l'autel expiatoire

Relevez les murs démolis!

Anges, aux saintes harmonies,

Déroulez vos voix infinies!

Mondes, chantez en son honneur!

Et que la Terre, qui sommeille,

A ce cri d'hommage s'éveille

Et chante aussi : « Gloire au Seigneur! »

Il apparaît (que l'encens fume !)
Le Dieu de salut et d'amour,
Comme à travers l'épaisse brume
Blanchit la lueur d'un beau jour.
Pour fêter son royal empire,
Voyez dans le ciel, qui l'admire,
Se lever un astre vermeil,
Étoile des cieux messagère
Qui vient annoncer à la terre
L'approche d'un nouveau soleil !

Dans l'air qui tressaille et s'anime
Voyez quel lumineux essaim
D'archanges, à la voix sublime,
Redit le cantique sans fin !
« Bienveillance parmi les hommes !
» Qu'ils soient heureux comme nous sommes !
» Terre ! Terre ! réveillez-vous !
» Levez votre front pâle, ô femme,
» Allons ! chantez l'épithalame !
» Terre ! Terre ! voici l'époux ! »

II.

Il s'avance, l'âme remplie
D'un avenir mystérieux ;
Une sainte mélancolie
Adoucit l'éclat de ses yeux !
Sa bouche où la bonté respire
A cet ineffable sourire
Qui bénit l'archange au saint lieu ;
Et son front noble, qui domine,
Sous un poids glorieux s'incline,
Car il porte écrit : « Voilà Dieu ! »

C'est le Dieu des saintes collines,
Le Sauveur qui devait venir,
En qui seul les gloires divines
Viennent toutes se réunir.
L'âme infinie est son essence,
Le pouvoir sans fin, sa puissance,
L'éternité forme ses jours ;
Et comme l'amour de son père

Son amour est un sanctuaire
Qui réunit tous les amours.

Il se fait homme pour les hommes ;
Il quitte les cieux infinis
Afin qu'au séjour où nous sommes
Naissent des jours purs et bénis.
Comme un don gratuit, il accorde
Au pécheur, la miséricorde,
La paix, au cœur plein de remords :
A tous il vient parler de grâce,
Et veut qu'une croix satisfasse
Pour les vivans et pour les morts.

Le voilà le Dieu pacifique
Portant de sublimes secours,
A l'aveugle, au paralytique,
Au mendiant des carrefours.
Le voilà, doux et débonnaire,
Rendant une fille à sa mère,
A son ami donnant des pleurs ;
Et, tendre aux misères humaines,

Ayant des peines pour nos peines,
Et des douleurs pour nos douleurs.

Près du fleuve, sur la colline,
Il instruit le peuple en passant;
Et comme une manne divine,
La paix de sa lèvre descend.
Son éloquence simple et grave
Console les fers de l'esclave,
Lui montre un meilleur avenir;
Et, touchant des fibres connues,
Laisse dans les âmes émues
Un ineffable souvenir.

III.

Une nuit dont long-temps se souviendra la terre,
Par-delà le Cédron, solitaire, il errait;
Il méditait la fin de son profond mystère,
Son âme était pensive et parfois il pleurait.

Puis tombant à genoux, à cette heure fatale,

Il pria pour les siens, en ce lugubre lieu;
De longs grumeaux de sang coulaient de son front pâle,
Car, maudit, il luttait contre la main de Dieu.

Et le matin, on vit s'élever au Calvaire
Une croix où pour nous il se laissa mourir,
Et, dansant alentour, tout un peuple en colère
De malédictions accablait le martyr.

Et la terre trembla; les sépulcres s'ouvrirent,
De morts ressuscités le temple fut rempli,
Et dans l'immense nuit, ces accens retentirent :
« Père, pardonne-leur ! » Tout était accompli!

IV.

Tu mourais, ô grande victime,
Pour fléchir les décrets divins ;
La coupe de ta mort sublime
Portait le salut des humains.
Tu la vidas jusqu'à la lie;
Car ton âme, d'amour remplie

Avait pitié de notre sort.
Tu visitas notre Sodome,
Et tu dis : « Je sauverai l'homme ;
» Mon père, il vivra de ma mort ! »

Ton sang, baptême expiatoire,
Coule dans l'ombre du passé ;
Et du Temps, plein de ta mémoire,
Le pas ne l'a point effacé !
Fleuve des grâces souveraines,
Les générations humaines
Y viennent puiser en ton nom,
L'erreur, un savoir sans nuage,
La faiblesse, un peu de courage,
Et le monde entier, le pardon !

Gloire, gloire te soit rendue !
Que les cieux s'inclinent trois fois,
Que l'éternité te salue,
Héros sublime de la croix !
Et sur la montagne divine
Où ta grande image domine,

Comme un phare sur l'avenir,

Que l'univers marche et t'appelle,

Toi qui pris notre chair mortelle

Pour nous sauver et nous bénir !

II.

Appel de la Grâce.

A un Ami.

AMI, parfois le soir vous aimez à rêver,
Vous entendez en vous une voix s'élever ;
Vous avez des soupirs que votre cœur plus tendre
Comme un vase trop plein a besoin de répandre.
Vous désirez de fuir l'impie et le moqueur,
De reposer en Dieu votre âme et votre cœur,
Et constamment vaquer en enfant de lumière,
A ces deux saints devoirs, l'amour et la prière.
Le savez-vous ami ? — Ces besoins, ces dégoûts,
Les enfans de l'Agneau les ont eus comme vous.

C'est quelquefois ainsi que la grâce divine
Opère dans un cœur que le Ciel prédestine.
Un vague changement qu'il ne sent pas d'abord
Prend ce cœur de mondain, jusque là froid et mort.
De ce nouvel état s'étonnant en silence
Il se ranime alors, puis se recueille et pense.
Il lui vient comme en songe un souvenir confus
Des lieux qu'il habita, des jours qui ne sont plus,
De l'enfance première, et des faits dont, jeune homme,
Plus tard il fut coupable et que son cœur lui nomme;
Et de ces souvenirs, ternes et sans fraîcheur,
Aucun ne passe en lui qui ne dise : « Pécheur! »
Son œil s'éteint alors, comme un foyer sans flamme;
Un vertige le prend, il tremble, et dans son âme,
Où survit, morne et sombre, un vaste isolement,
Le bruit accusateur monte éternellement.
—Pécheur!—ô désespoir!—Un remords, dès cette heure,
Lui crie incessamment : « Regarde au ciel et pleure! »
S'il dort, un chant lugubre en son cœur répété,
L'éveille, en lui criant : « Pense à l'éternité! »
Malheureux! malheureux! — Il se roule, il s'épuise,
Il se tort sous le faix de la peur qui le brise,

Il lutte, mais en vain ; et tombant sous l'effroi,

« O Dieu, dit-il, fais grâce et prends pitié de moi ! »

Et ces cris de damné, ces cris — mystère étrange ! —

Dans ce cœur bourrelé font comme une voix d'ange,

Comme cette musique, au ravissant accord,

Qui de Saül maudit apaisait le transport.

Un parfum de repos et de béatitude

Embaume par degré sa morne solitude ;

Il se calme, et bientôt s'il répète avec foi :

« Tu peux seul me sauver, ô mon Dieu sauve-moi ! »

Une autre voix répond dans son âme attendrie :

« Va ! ta faute est remise et ta douleur guérie ! »

— Sauvé ! — Qui comprendra ce que lui font ces mots

D'enivrante alégresse et de joyeux échos !

Sauvé ! moi criminel ! digne de mille peines !

Il invite les bois, les vents, les monts, les plaines,

Les mers, le firmament, l'espace illimité,

A les dire ces mots : « Ton Dieu t'a racheté ! »

Désormais que ce Dieu, pour l'éprouver assemble

Sur sa tête d'élu, tous les fléaux ensemble,

Qu'il l'abandonne errant, opprimé, sans appui,

Rien ne pourra jamais le séparer de lui !

Qui voudrait l'essayer? Jésus le fortifie,

L'écoute, suppliant, pécheur, le justifie,

Le relève, s'il tombe, et pour lui, du saint lieu,

Intercède toujours à la droite de Dieu!

Non, rien de cet amour, inépuisable flamme,

Rien ne l'éloignera! c'est l'âme de son âme!

C'est le jour éternel levé dans son esprit,

C'est l'eau dont il a soif, le pain qui le nourrit,

L'air vital qu'il respire, et la brise divine

Dont le souffle embaumé dilate sa poitrine!

Et plein de cet amour, il donne de sa main

Au pauvre sa tunique, à l'affamé son pain;

Il prend sur lui l'infirme et sa maison abrite

La misère, l'exil et la tête proscrite.

L'épidémie en vain déchaîne ses torrens;

Il sait braver la mort pour sauver des mourans.

Quand va se clore enfin sa carrière formée

De jours sans souvenir ou pleins de renommée,

D'un grabat ou d'un trône, il va, le front serein,

Retremper son amour dans l'amour souverain.

Il va, comme l'oiseau dans l'aire paternelle,

Joyeux de s'en aller, puisque son Dieu l'appelle,

Et certain que ce Dieu, qui l'aima le premier,
Est fidèle en amour et ne peut l'oublier.

Ainsi vécut Celui dont le nom vous est tendre,
Le père, homme de Dieu, que la mort vint vous prendre,
Vénérable ministre, homme plein de vertu,
Qui, pour le bon combat qu'il avait combattu,
Maintenant règne au ciel, au trône apostolique.
Votre père mourant, d'un œil mélancolique,
Vous regardait parfois, en priant Dieu pour vous :
Puis il vous reposait sur ses faibles genoux,
Et son cœur paternel, par sa lèvre glacée,
Vous parlait de Jésus, sa dernière pensée.
Alors jeune chrétien humble et plein de pudeur,
Vous n'aviez pas encor perdu votre candeur,
Ni livré votre barque, avec sa voile blonde,
Au souffle dissolvant des sages de ce monde.
Vous écoutiez, courbé, cette voix de mourant,
Et vous promettiez tout, sanglottant et pleurant.
Dieu s'en souvient encore; et lorsque vous me dites
Votre ennui de la terre et des choses maudites,
Je sens qu'il vous inspire, au monde où vous allez,

Cette tristesse vague et ces soupirs voilés,

Pour vous remettre au cœur, qui parfois les oublie,

Ces sermens d'autrefois dont la chaîne vous lie.

Croyez-m'en ! et docile, amour, joie et ferveur,

Donnez-lui tout, ami, comme à votre Sauveur !

III.

Désir de Conversion.

Accours, Seigneur, mon faible cœur t'appelle,
Lassé du monde et de ses vains plaisirs !
Asservis-toi ma volonté rebelle,
Viens faire en moi germer de saints désirs !
Je veux t'aimer et le monde m'entraîne ;
Je veux te suivre, et je fuis loin de toi ;
Pauvre captif, je languis sous ma chaîne,
Viens donc, Seigneur, et prends pitié de moi !

Mon œil perdu dans de froides ténèbres
N'en peut percer la noire profondeur.
Fais donc tomber mes nuages funèbres,
Découvre-moi l'ineffable splendeur !

Je veux te voir et sans ombre et sans voile !
Sainte clarté ! pour me conduire à toi,
Au fond du ciel fais lever une étoile !
Oh ! viens, Seigneur, et prends pitié de moi !

Comme un roseau, mon âme est abattue ;
Et j'ai plié sous le bras du Dieu fort !
Je sens en moi comme un ver qui me tue ;
Lassé de tout, je demande la mort.
Mais ton amour est là qui dit : « Demeure !
» Pauvre souffrant, ne sois plus en émoi,
» Je prends pitié du malheureux qui pleure : »
Viens donc, Seigneur, et prends pitié de moi !

De tous mes jours le souvenir m'accable.
Que vois-je, hélas ! au fond de mon passé ?
Pas un désir qui n'ait été coupable,
Et pas une œuvre où le mal m'ait laissé.
Aussi la peur me trouble quand je veille ;
Et, si je dors, surmontant cet effroi,
L'éternité m'apparaît et m'éveille !
Viens donc, Seigneur, et prends pitié de moi !

O Fils de Dieu, ta pitié fut profonde!
Tu bus pour nous à la coupe des pleurs.
Tes bras en croix affranchirent le monde,
Tu pris sur toi nos immenses douleurs.
O Rédempteur d'une coupable race,
Si tu le veux, moi, rebelle et sans foi,
Je puis aussi revivre par ta grâce!
Viens donc, Seigneur! et prends pitié de moi!

Tends-moi la main sur ce rivage rude
Où, tout tremblant, je marche avec effort.
La Canaan de la béatitude
Sous ton regard fleurit à l'autre bord.
Quand tu voudras m'enlever de la terre,
Dans ce beau lieu que nous ouvre la foi
J'irai m'asseoir, teint du sang du Calvaire.
Oh! viens, Seigneur, et prends pitié de moi!

IV.

Condamnation et Rédemption.

Fragment.

Je disais autrefois : « Le péché me domine :
» Qui me dévoilera sa terrible origine ?
» Est-il chez moi le fruit d'un pouvoir limité ?
» Est-il chez moi l'abus de trop de liberté ? »
Et je cherchais partout la clef de ce mystère,
J'évoquais devant moi les sages de la terre,
Les vivans et les morts, et jusqu'à ces débris
Que l'on découvre à peine aux antiques écrits.
Mais ma course était vaine et ma veille inféconde :
Je disais : A demain! mais toujours nuit profonde !

Et je restais encor dans ce jour de demain,
Perdu dans les replis du labyrinthe humain.

Il me sembla plus tard que, touché de ma peine,
Dieu me tendait sa main, de grâces toute pleine;
Et qu'un Esprit nouveau dont je suivais la loi,
Consolant et priant, venait d'éclore en moi.
Et relisant alors, plein d'une ardeur nouvelle,
Ce livre où resplendit la pensée éternelle,
Je vis que les humains, rebelles en tout lieu,
Sont maudits sur la terre et rejetés de Dieu.
Mais l'homme, aux premiers temps, parfait de sa nature,
Cheminait devant lui sans effort ni murmure.
A la beauté divine ils se laissait ravir,
Vivait pour être heureux, invoquer et bénir;
Dieu l'aimait, comme on aime un enfant plein de grâce,
Et l'homme lui parlait, comme un fils, face à face.
Le fruit de la science, au jardin d'Orient,
Étalait au regard son éclat verdoyant.
L'âme devait le fuir, de peur d'être maudite;
Mais le serpent l'offrit à la femme séduite;
Et sitôt que ses mains en eurent approché,

Voilà que dans son cœur s'éleva le péché !

Depuis, comme le sang qui bout dans chaque veine,

Le péché s'est fondu dans la substance humaine ;

Il lui tient par des nœuds tout puissans et tout forts,

C'est l'âme de son âme et le corps de son corps.

C'est un arbre éternel, au germe héréditaire,

Qui mûrit avec nous dans le sein de la mère,

Et quand nous en sortons, épand, frère jumeau,

En même temps que nous sa feuille et son rameau.

Et moi, vil rejeton d'une race coupable,

Comme tous les humains sa puissance m'accable.

Chaque jour vers la terre il me tient attaché,

J'enfante chaque jour des œuvres au péché.

Quel avenir m'attend ? car cette courte vie

N'est pas d'indifférence et de néant suivie :

J'ai quelque chose en moi de vivant et de fort

Qui doit vaincre le temps et survivre à la mort.

Mon âme viendra-t-elle, adultère et perdue,

Revivre avec le Dieu dont elle est descendue ?

Mais il est sainteté, justice et pureté,

Et sa gloire répugne à mon indignité.

Me voilà donc banni du séjour des délices,

Par ses perfections et par mes propres vices,

Car dans l'ordre éternel tout doit subir son sort,

La sainteté, la vie, et le péché, la mort.

Dieu le veut! ma vertu me fera-t-elle absoudre?

Mais elle est à ses yeux plus vile que la poudre!

Le bien, si je le fais, c'est pour moi, non pour lui :

Je soulage pour moi les angoisses d'autrui;

Amour, gratuité, pardon, miséricorde,

Je fais tout pour moi seul, tant mon péché déborde!

De sorte qu'au grand jour où nos faits paraîtront,

Ce seront mes vertus qui me condamneront!

Et maudit, et tremblant sous le courroux céleste,

Désormais me voilà! sans appui qui me reste,

Et forcé, pauvre humain, d'implorer à genoux

Mon pardon, devant Dieu qui nous condamne tous.

Mais quand je vais à lui, d'une âme consternée,

Voilà que sa justice apparaît indignée,

Et du mont de Sina ce cri terrible sort :

« Du péché, fils d'Adam, le salaire est la mort. »

La mort! et quelle mort! Au fond du noir abîme

Sentir peser sur soi l'éternité du crime !

Voir parfois un rayon du mystique soleil,

Ouïr des chants joyeux dans un Eden vermeil,

Et dire chaque jour, plein d'un tourment qui ronge :

« Ce n'est donc point, hélas ! l'illusion d'un songe !

» Jamais, jamais pour moi, pauvre déshérité,

» Cet air pur, ce beau ciel, cette douce clarté !

» Je chercherais en vain dans l'ardeur de ma fièvre,

» Un peu de l'eau du ciel pour raffraîchir ma lèvre,

» Je voudrais vainement, dévoré par le feu,

» M'épanouir une heure à la face de Dieu,

» Je ne saurais franchir ces régions maudites,

» Et les splendeurs du ciel me seront interdites !

» C'est là mon avenir, rien contre cette loi,

» Car près du Saint des saints qui plaiderait pour moi ? »

Et je découvre alors sur une croix infâme

Un martyr qu'on déchire ; il s'en va rendre l'âme ;

Et près de succomber sous d'horribles douleurs,

Il me dit : « Ne crains plus ! c'est pour toi que je meurs ! »

O tableau devant qui, muette et palpitante,

L'imagination s'incline et s'épouvante !

O le plus grand amour, le plus beau dévoûment

Dont la terre jamais ait vu le monument !

On dit que dans le ciel, quand les anges sondèrent

Ces sublimes secrets que les temps dévoilèrent,

Troublés et confondus de pitié pour leur roi,

Ils couvrirent leur face, en un muet effroi.

Tout ce que leur esprit qu'illuminait Dieu même

Avait su concevoir de sa bonté suprême,

N'avait pu, jusque-là, leur faire pressentir

Le trépas inouï qui devait s'accomplir.

Et quand l'heure arriva sur l'éternelle cime

Où dut se consommer l'holocauste sublime,

Ils voulurent comprendre, en venant ici-bas,

Cet immense mystère et ne le purent pas !

L'univers dévoré d'une angoisse infinie

De son maître expirant déplora l'agonie ;

Le soleil se voila, le ciel fut ébranlé,

Et dans ses profondeurs l'on vit l'enfer troublé.

Les saints et les martyrs, dont les voix immortelles

Avaient prophétisé ces douleurs solennelles,

S'arrachant à leur tombe, élevèrent la voix

Et pleurèrent devant les tourmens de la croix !

Rien ne resta muet au ciel et dans l'abîme,

Et tout, excepté l'homme, adora la victime !

Quand elle s'éteignit, dans un dernier soupir,

Les foudres de Sina parurent s'assoupir :

Des paroles d'espoir réjouirent la terre,

Et l'on vit, terminant leur implacable guerre,

La Justice et la Paix, dans un pudique hymen,

S'embrasser sous la croix et se donner la main ! *

Lorsque ces vérités m'eurent frappé la vue,

Je me sentis, dans l'âme, une joie inconnue.

C'était comme l'extase et les émotions

Que feraient dans le cœur de saintes visions.

« Les voilà donc trouvés, ces problèmes austères

Dont ma raison, me dis-je, épiait les mystères !

Je comprends aujourd'hui ce qui m'était toujours

Apparu, comme une ombre, au sentier de mes jours !

C'est l'homme, et non pas Dieu, qui fit germer au monde

Ce poison du péché d'où vint la mort seconde ;

* Ps. LXXXV. 11.

Et je n'en ferai plus, dans un doute cruel,
Contre la Providence un blasphème éternel.
Le Seigneur désormais ne sera plus sévère;
Il m'invite à m'asseoir sous l'arbre du Calvaire,
Et, me montrant le Fils, il me dit, qu'à ce nom,
Si je sais l'invoquer, me viendra le pardon.
Je vais donc aujourd'hui, moi, pauvre enfant rebelle,
Prendre part au banquet de la joie éternelle,
Me confiant au Dieu dont l'amour s'est porté
Entre le cœur qui pleure et le Ciel irrité.
Oh! gloire soit à Dieu dont la grâce indicible
A fait lever pour moi l'étoile de la Bible!
Gloire à l'Esprit divin dont la voix m'a parlé!
Gloire au Fils qui me sauve et qui m'a consolé!
Gloire au Dieu trois fois Saint! désormais plus de doute!
Je vois le jour d'en haut s'épandre sur ma route!
J'entends sur le chemin, où Christ est descendu,
Ce que l'homme charnel n'a jamais entendu!
Gloire à Dieu! Gloire à Dieu! son amour qui m'enflamme
Me fait un saint repos qui me restaure l'âme,
Et, dans le même amour, je vivrai devant lui
Toute l'éternité, comme au temps d'aujourd'hui!»

V

Premier Jour d'une Conversion.

Il est pour l'homme encor rebelle
Un jour qui brille entre ses jours :
C'est lorsque le Sauveur t'appelle,
    Pauvre infidèle !
Et qu'il te dit : « Paix et secours !
    » C'est pour toujours ! »

Le poids de son bonheur l'accable :
Il ne peut y croire d'abord.
Tant de pitié pour un coupable !
    Grâce ineffable !
« Oh ! dit-il, c'est trop de support
    Pour un cœur mort ! »

« Qu'ai-je fait pour ce bien suprême ?

» Quoi! celui que j'ai tant bravé

» A donné son sang pour moi-même

    » Comme un baptême !

» Quoi! donc, mon Dieu, moi, réprouvé,

    » Tu m'as sauvé! »

Heureux de sa lettre de grâce,

Il la relit avec amour.

Auprès de son cœur il la place,

    Puis il l'embrasse,

Comme s'il pouvait sans retour

    La perdre un jour !

Plus de larmes dans sa paupière,

Plus d'amertume dans son sein !

Dans son âme, tout est prière,

    Joie et lumière ;

Et dans son cœur, l'Esprit divin

    Chante sans fin.

Un seul jour pour ce cœur si tendre

Brillera de plus doux appas :

C'est quand la mort, qu'il ose attendre,

Ira le prendre,

Et quand, ô Christ, tu lui diras :

« Viens dans mes bras ! »

VI.

Hymne à l'Église.

FILLE de Golgotha, pauvre femme proscrite,
Combien tes ennemis t'ont battue et maudite!
Les bourreaux sans relâche ont épuisé ton flanc.
Leur fureur prolongeait ton amère agonie :
Ils palpitaient d'ivresse à voir couler ta vie
      Avec tes larmes et ton sang!

Mais Dieu qui bénissait ton noble sacrifice
Pour des jours immortels fécondait ton supplice.
Morte, tu renaissais une nouvelle fois!
Et les tyrans surpris t'accablant à toute heure,
Te frappaient au visage, et disant : « Qu'elle meure! »
      Ils te clouaient sur une croix!

Tu n'avais pour abri que les tombes muettes.

Mais leurs mains t'arrachaient à ces vaines retraites.

Ils voulaient te punir de ton éternité !

Et tous ils descendaient dans le fond de leur haine,

Pour trouver un supplice où ta vie, encor pleine,

    Perdrait son immortalité !

Ils semblent aujourd'hui vaincus par ton courage;

On dirait que leur soif est lasse de carnage;

Ils ont dit : « C'est assez ! » en déposant le fer.

Mais, changeant de maxime, ils ont changé de haine :

Aux sourds rugissemens du tigre et de l'hyène

    A succédé le rire amer.

Leur mépris t'enveloppe, et leur froide ironie

Te darde, au fond du cœur, l'impure calomnie

Qu'éternise un vil peuple en ses lâches clameurs.

Ils disent : « C'est bien elle ! » et te trouvent infâme,

Lorsque, pour t'avilir, ils te donnent une âme, .

    Faite à l'image de leurs mœurs !

Ou bien, pour t'accabler, leur respect dérisoire

Demande quand viendra cette époque de gloire
Dont le Sauveur mourant dota ton avenir.
— Comme si leur ruine et ton triomphe immense
N'étaient qu'un rêve creux forgé par la démence
    Parce qu'ils tardent à venir! —

Ah! c'est trop dans ce monde où ton pied se déchire,
C'est trop long-temps porter la croix de ton martyre!
Quand viendront-ils ces jours qui te furent promis ?
Quand le divin Epoux que le Ciel te dérobe
Aux plaines de Botsra * lavera-t-il sa robe
    Dans le sang de tes ennemis ?

Voilà qu'en attendant, chétive et méprisée,
Tu languis au désert, comme une âme abusée.
Pour reposer ton front tu n'as pas d'autre lieu !
Et comme au vieux proscrit qu'a frappé l'anathème,
Il ne te reste, hélas! pour asile suprême
    Que les promesses de ton Dieu !

* Esaïe LXIII. 1.

Parfois même ton cœur, plein de pensers funèbres,
Entre le ciel et lui sent tomber des ténèbres :
Tu doutes comme un homme égaré sur les flots,
Et tu dis en ta peine, ô pauvre âme accablée,
« Suis-je donc ici-bas, pour toujours exilée,
 » N'aurai-je jamais du repos ? »

Attends! ton jour viendra, chère et tendre colombe!
Puis, les maux de l'exil finissent à la tombe :
Il est un saint refuge ouvert à nos soupirs.
Et c'est là que le front battu de tant d'orages,
Tu revivras en Dieu, par-delà tous les âges,
 Rassasiée et sans désirs !

VII.

Nathanaël. *

Nathanael, sous le vieux sycomore
Tu viens t'asseoir, solitaire et sans bruit :
Et, plein du Dieu que ta jeunesse adore,
De ton amour tu lui portes le fruit.

Touché des maux qui pèsent sur le monde,
D'un sort meilleur tu rêves l'avenir;
Tu dis souvent, dans ta peine profonde,
« Quand viendra-t-il Celui qui doit venir? »

Tu vois partout son glorieux mystère
Qui doit briser les portes du tombeau;

* Voy. Jean i. 47—51.

Comme un soleil qui brille sur la terre,
Il t'apparaît resplendissant et beau.

Tout a gardé ses traces éternelles
Sous cet immense et sublime horizon,
Et de Sina les foudres solennelles
Dans leur grand bruit ont murmuré son nom !

Mais c'est surtout dans les saintes paroles
Que tu relis, plein d'un humble ferveur,
Qu'il t'apparaît, sous de pieux symboles,
Comme ton père et comme ton Sauveur !

Eh bien ! ce Dieu que l'univers proclame
Et qu'ont sondé les regards de ta foi,
Il est venu pour consoler ton âme,
Et sa présence a passé devant toi !

Sur ton regard son doux regard s'incline,
Comme un témoin qui voudrait t'épier ;
Et son oreille, enfant de Palestine,
T'entend gémir à l'ombre du figuier.

Plus près de toi que le feuillage humide,
De ta pensée il sonde le repli,
Et vœux et pleurs et prière timide,
Il entend tout et tout est recueilli.

Mais le voici qui se montre et t'invite,
Suis donc ses pas! et sans rien conserver,
Cœur et trésor, pieux Israëlite,
Donne-lui tout, car il vient te sauver!

VIII

A un Missionnaire futur,
Au sud de l'Afrique.

Aux vieux peuples de Cham vous parlerez un jour
Du Dieu que votre cœur aime d'un saint amour,
Et qui voulut mourir, victime pacifique,
Et pour l'enfant d'Europe et pour l'enfant d'Afrique.
Et lorsqu'ils vous peindront leurs malheurs inouïs
Et ce soleil de feu qui brûle leur pays,
Votre main, par-delà leur campagne maudite,
Leur montrera des cieux où l'alégresse habite.
Vous leur direz : « Le Dieu qui sauva le pécheur
» A des jardins rians, pleins d'ombre et de fraîcheur;

» C'est là qu'il est allé réserver une place

» Aux pauvres Africains comme à ceux de ma race! »

Le Vieux Désert, alors, tout joyeux de vous voir,

Devant vous, ô Chrétien, lèvera son front noir,

Et tout émerveillé, verra sa face nue

Se couronner de fleurs pour votre bienvenue.

Ses enfans conteront à leurs enfans ravis

Le nom de l'étranger qui, laissant son pays,

S'en vint leur apporter la joyeuse nouvelle,

Hélas! et ne vit plus la terre maternelle!

C'est ici, diront-ils, que ce cher envoyé

Mourut, en nous parlant du grand crucifié.

Oh! que son souvenir nous soit impérissable!

Et jamais notre pied ne doit fouler le sable

Sans nous ressouvenir du doux et triste adieu

Du vieil Européen, le serviteur de Dieu!

IX.

Hymne funèbre de David
Sur Saül et Jonathan.

(TRADUCTION DE II SAM. I.)

PLEURE, Juda, pleure leurs funérailles !
Ils sont tombés sous le glaive mortel !
Comment sont morts dans les batailles
    Les vaillans hommes d'Israël ?

N'en portez point à Gath les funèbres nouvelles
    Ni dans les places d'Ascalon !
Leurs filles en riraient dans leurs fêtes cruelles,
Et de l'incirconcis les femmes criminelles
Triompheraient de joie, en prononçant leur nom.

O mont de Guilboa! que jamais la rosée
    Ne raffraîchisse tes palmiers !
Que ta cime jamais ne soit fertilisée,
O mont, qui t'abreuvas du sang de nos guerriers !

C'est là qu'ils sont tombés, là, dort sous la poussière
    Le bouclier des hommes forts :
Là, de l'oint du Seigneur la lance meurtrière,
Là, l'arc de Jonathan dont la flèche guerrière
    S'engraissait dans le sang des morts !

Saül et Jonathan que la tombe rassemble,
L'aigle était moins léger à voler aux combats;
Le lion, moins terrible à semer le trépas;
    Vous combattiez, vous triomphiez ensemble !
    Le fer sanglant ne vous sépare pas !

Filles des Juifs, pleurez leurs funérailles !
Pleurez Saül qui pour vous des batailles
Rapportait l'or, l'écarlate, les jeux.
De son triomphe il parait votre tête ;

Vos jours coulaient comme des jours de fête;
Pleurez Saül, ce héros glorieux !

Jonathan, Jonathan mon frère,
Mon cœur se déchire pour toi!
Je t'aimais plus que les fils de ma mère,
Et tu ne viendras plus à moi!

Ah! que notre deuil accompagne
Tous ces guerriers tombés sous le glaive mortel!
Comment sont morts sur la montagne
Les vaillans hommes d'Israël?

X.

Les Consolations Chrétiennes.

À mon ami Chabal,

SUR LA MORT DE SON ÉPOUSE.

La main qui frappe et qui châtie
Afin d'éprouver notre amour,
A donc, hélas ! appesantie,
Brisé ton bonheur sans retour !
Ton cœur soupire, ton œil pleure ;
Elle n'est plus dans ta demeure,
Et sa place est vide ici-bas ;
Et, pleins de son trop court passage,
Ces lieux qu'embellit son image,
Ami, ne la reverront pas !

Trop pure et sainte pour la terre,

Elle avait plus haut son regard;

Dieu, pour un merveilleux mystère,

De sa main l'avait mise à part.

Chaste épouse, pieuse fille,

Il la voulait dans la famille

Où la douleur ne gémit plus;

Et loin du seuil noir de la tombe,

Il l'a prise, blanche colombe,

Dans le doux repos des élus!

C'est là qu'elle voit face à face

Ce qu'elle avait tant désiré,

Là que sur un trône de grâce

Elle redit l'hymne sacré.

Son cœur bénit, sa bouche adore

Dieu qui la mûrit, jeune encore,

Pour le céleste et pur séjour;

Et dans ces divines enceintes,

L'éternité des âmes saintes

Coule pour elle comme un jour.

Rien ne tarit la source pure
De son bonheur, calice plein :
Le Dieu qui bénit sa nature
L'aime ainsi qu'un époux divin.
Il lui montre sur la colline
Où l'Eden s'élève et domine
Une retraite vide encor;
Elle dit en sa joie extrême :
« Là, je verrai Celui que j'aime,
» Là, viendra mon plus cher trésor ! »

Que cette espérance ineffable,
Ami, comme un Ange du ciel,
Sur la souffrance qui t'accable
Verse le baume avec le miel !
A l'ombre du chemin austère
Que tu fais, triste et solitaire,
Le cœur fatigué de courir,
Qu'elle te soit douce et profonde !
Et souviens-toi qu'il est un monde
Où le bonheur doit refleurir !

Ami, la fin de ce voyage
Arrive avant qu'il soit bien tard.
Tu verras bientôt le rivage
Que rêve et cherche ton regard.
Va! tu n'as pas long-temps encore
A gémir après cette aurore
Qui luit au terme du chemin !
La vie est courte comme un rêve :
Souvent la tente qu'on élève
Se plie, hélas! avant demain !

Bientôt dans un monde tranquille
Tu retrouveras ton bonheur,
Et tous deux, en ce pur asile,
Vous revivrez pour le Seigneur.
Tous deux vous chanterez ensemble
L'amour de celui qui rassemble
Pour tous les siècles à venir.
Et la Mort qui brise et sépare
Aura perdu sa faulx barbare
Et ne pourra plus désunir !

XI

Hymne de l'Enfant.

Quand le jour vient d'éclore,
Radieux et vermeil,
De mon Dieu que j'adore
Je me souviens encore
A mon premier réveil.

Et je lui dis : Mon père
Moi, jeune, en me levant,
Je te fais ma prière :
Oh! dans toi seul j'espère!
Bénis ton jeune enfant!

Qu'il soit devant ta face,
Doux et simple de cœur,
Et que pieux, il fasse
Son espoir, de ta grâce,
Son amour, du Sauveur !

Fais qu'il aime son père,
Son guide et son appui,
Et qu'il rende à sa mère
En amitié sincère
L'amour qu'elle a pour lui !

En le voyant qu'on dise :
Il a, sensible et beau,
La grâce de Moïse,
Et l'enfance soumise
De Jésus au berceau !

XII.

À une Dame

Qui fait de la Poésie politique.

VOTRE cœur a toujours noblement palpité
Au nom de la patrie et de la liberté.
C'est leur amour profond, c'est leur vivante flamme
Qui vous fit, en un jour, poète, au fond de l'âme.
Vous avez dû souvent à ce culte nouveau
Une grande pensée, un vers sublime et beau,
Un vers qui, s'inspirant des récits de l'histoire,
Etait digne des noms dont il chantait la gloire.
J'aime à louer en vous ces pensers glorieux,
Bien que je place ailleurs ma patrie et mes Dieux,

Et même en vous lisant, mon cœur tressaille encore
Au magique réveil du drapeau tricolore.

Mais pourquoi voulez-vous, fidèle à vos amours,
Réchauffer votre muse au combat des trois jours,
Et, pour alimenter votre feu poétique,
Pleurer sans fin autour d'un tombeau politique?
N'est-il pas pour un cœur que le ciel doit ravir
D'autres noms à chanter, d'autre culte à servir?
Hélas! vous ignorez quel Dieu votre âme adore!
La muse politique est un feu qui dévore,
Et son souffle long-temps allume sous les pas
Plus d'un volcan profond qui ne s'éteindra pas!

Le don de poésie, ineffable chimère,
Est fait pour consoler d'une existence amère,
Et, contre le mépris des sots et des méchans,
Donner au cœur qui souffre un remède en ses chants.
Le don de poésie est un baume suprême
Que la pitié d'en haut fait à celui qu'elle aime :
C'est un mot tout profond qui doit l'entretenir
Et d'une autre patrie et d'un autre avenir.
Celui qui l'a, ce don, chemine sur la terre,

Incliné sous le poids d'un sublime mystère :

Sa touchante pâleur dit assez au regard

Qu'aux plaisirs de ce monde il ne prend point de part.

Il contemple souvent cette sainte colline,

Tendre asile des cœurs qu'un mal profond domine,

Et boit, sans murmurer, sa coupe de douleur

Dans l'espoir consolant d'un avenir meilleur ;

Car il sait qu'au-delà, pour une âme flétrie,

Pour un pauvre exilé commence une patrie.

Il passe et se trahit par d'ineffables voix,

Comme l'oiseau chantant sous la feuille des bois,

On l'entend sans le voir, et le cœur et l'oreille

Sont suspendus long-temps à la grande merveille.

Il dit les saints plaisirs qui dureront toujours,

Et le jour éternel, le plus ancien des jours,

Et la création où la gloire est empreinte,

Et l'homme, plus rempli de la majesté sainte,

Et le Dieu qui fait tout, soutient tout par sa voix,

Et le Dieu, non moins grand, qui mourut sur la croix.

Du riche et du puissant pauvre fille oubliée,

Sa lyre à leurs banquets n'est jamais conviée,

Il abhore dans l'âme un coupable bonheur,

Et ne transige pas avec le déshonneur.

Il n'épousa jamais leur querelle fatale;

Seulement quand leur voix jusqu'à lui monte et râle

Comme Orphée aux enfers, il essaie, en marchant,

D'apaiser leur fureur par un suave chant.

C'est le tendre Alcyon pleurant dans le naufrage,

C'est le doux rossignol qui chante, un jour d'orage,

C'est le noble Chénier dont le cœur pur et haut

S'accompagnait de vers, en montant l'échafaud.

Voilà comment le fils de la céleste muse

Met à profit un bien dont le profane abuse.

Et c'est ainsi, Madame, oui, c'est ainsi que vous

Que le Ciel inspira dès l'âge le plus doux,

Il vous faut consacrer votre lyre sonore

Aux louanges du Dieu que votre père adore.

Il vous fait au regard peindre dans tout son jour

Le prodige sans nom de douceur et d'amour.

Oui, chantez-nous long-temps cette mansuétude

Qui nous aide à passer notre désert si rude,

Chantez celui qui donne un nid au jeune aiglon

Au lys un vêtement plus beau qu'à Salomon.

Le mourant qui s'en va, le proscrit qu'on enchaîne,

Le pauvre et l'affligé dont la misère est pleine,

Ces âmes qu'en leurs maux vos vers visiteront,

Les diront en pleurant et vous en béniront.

D'une voix que le Ciel entend mieux que les autres,

Elles le supplîront de veiller sur les vôtres,

Et d'aimer la chrétienne à qui l'Esprit parla

Et qui plaignit leur peine et qui les consola.

XIII.

Le Juste.

Quand de lâches tyrans sur le juste et le sage
    Lèvent le fer des scélérats,
Et que, seul contre tous, il oppose à leur rage
    Un front qui ne se trouble pas;

Quand du sein du bûcher qui va finir sa vie
    Il fait au monde un noble adieu,
Abandonnant sa gloire aux fureurs de l'envie,
    Son âme pure, aux mains de Dieu;

Dans ces jours de combat un Ange l'encourage,
    Un Esprit veille à son côté,
Il entend une voix qui lui dit : « Prends courage,
    » Apôtre de la vérité !

» Sois fier dans ton malheur de vider le calice

　　» Que ton Sauveur lui-même a bu ;

» Qu'importe qu'ici-bas leur fureur te noircisse

　　» Et change en vice ta vertu ?

» A ton saint dévoûment Dieu va donner un trône,

　　» Et, sans qu'on puisse les ravir,

» Les palmes à la main , à ton front la couronne,

　　» Et les cieux à ton avenir ! »

XIV.

Souvenir des Dragonades.

C'est ici que fuyait, priant et gémissant,
Tout un peuple proscrit par un règne de sang.
Sous ces rochers profonds et sur ces terres chauves
Le sabre les traquait comme des bêtes fauves.
Voilà le chêne antique, au rameau protecteur,
Dont la masse abritait le troupeau sans pasteur.
Comme sa feuille est pâle et sa branche inféconde !
On dirait à le voir qu'inutile à ce monde
Quand il n'est plus pour lui d'exilés à couvrir,
Ses destins sont remplis, il n'a plus qu'à mourir !

Nos pères s'enfuyaient sur cette morne grève
Pour ravir l'Evangile à la fureur du glaive.

Et c'était le seul bien que leurs nobles efforts

Disputaient aux tyrans qui dépeuplaient ces bords !

Les hymnes des vieux jours et les douleurs antiques

Prêtaient à leurs douleurs des chants mélancoliques ;

Parfois ils méditaient, jaloux d'approfondir

La formidable nuit de l'immense avenir.

Leur tête blanchissait sur les saintes paroles,

Et dans ces livres pleins de terribles symboles

Partout ils voyaient Rome, Antéchrist ténébreux

Canonisant le fer qui se levait contr'eux.

Et de cet ennemi leur voix accusatrice

Dans les âges futurs prédisait le supplice.

« Voyez-vous, disaient-ils, ce nuage fumant

» Qui plane, sombre et lourd, sur cet embrasement ?

» Ce nuage fumant c'est la sainte colère

» Qui va se déborder sur l'infâme adultère

» Et qui, la torturant, sans jamais s'assouvir,

» La punira des fers qu'elle nous fait subir.

» Elle qui s'écriait : « Je brille et je suis reine,

» Le grand fleuve captif me nomme souveraine,

» Les rois sont mes amans et parent mon front-roi,

» Enivrés des plaisirs qu'ils goûtent avec moi ; »

» La voilà! la voilà! lui prenant sa couronne,

» Les rois diront : Tu meurs, ô grande Babylone!

» Ne lui ménagez pas les tourmens et les pleurs!

» Qu'elle souffre une plaie incurable en douleurs!

» Des maux qu'elle nous fit qu'on lui rende le double!

» Qu'un vertige fatal l'épouvante, la trouble

» Et qu'elle tombe au fond des flots épouvantés,

» Et tous ceux que souillaient ses impudicités! » *

Et chantant, ils bravaient la tenaille brûlante

Qui tordait en lambeaux leur chair crue et sanglante.

Point de cris, point de pleurs, pas un faible soupir!

Ils disaient aux bourreaux : « Vous nous faites souffrir,

» Vous tourmentez nos corps par le fer et la flamme,

» Mais Dieu, plus grand que vous, s'est réservé notre âme,

» Et quand de sa fureur le jour sera venu,

» Il vengera sur vous notre sang répandu! »

Ainsi savait mourir, plus fort dans ces batailles

Que le bourreau royal du château de Versailles,

* Apocalypse xviii.

Ce peuple à qui ma muse a voué sans retour
Un chaste souvenir de tristesse et d'amour.
Mais chacun aujourd'hui se raille de sa gloire !
Ses enfans même ont ri de sa sainte mémoire.
Il l'ont répudié dans un accès moqueur
Et son noble passé ne dit rien à leur cœur !!!.....
Pour moi dont votre sang fait palpiter les veines
Je vous aime et vous chante, ô martyrs des Cévennes,
Et ne puis vous nommer sans de pieux transports,
Plein du tendre respect que l'on doit aux grands morts !
Heureux si quand le soir j'anime votre cendre,
Consolés par mes chants, vous veniez les entendre,
Et si nous confondions nos pleurs et nos soupirs,
Moi, chantre de vos maux, vous, peuple de martyrs !

Avénement du Seigneur.

Dans le délire de leur âme
Ils ont l'Evangile en pitié;
Ils poursuivent d'un rire infâme
Les enfans du crucifié.
Ils nous disent, gorgés d'ivresse :
« Vous macérez la chair sans cesse,
» Vous emprisonnez ses désirs :
» Quand donc verrez-vous cette terre
» Où doit finir ce jeûne austère,
» Où doivent naître les plaisirs ? »

« Votre Dieu de ses tabernacles
» Dès long-temps n'est pas descendu;

» Dans la nuit de ses vieux oracles

» Se serait-il enfin perdu ?

» Ne veut-il plus briser le monde,

» Foudroyer notre race immonde,

» Donner le royaume à ses fils,

» O viens ! roi couronné d'épines,

» Viens donc t'asseoir sur nos ruines,

» Viens te venger de nos défis ! »

Ainsi chaque jour on l'outrage,

Ainsi ces indignes moqueurs

Lui jetant leur boue au visage

Attristent chaque jour nos cœurs !

O Jésus ! cette heure est bien sombre,

Fais passer ton jour dans notre ombre !

Ne tardes pas à revenir !

Nous pleurons, navrés de tristesse,

Après la fin de ta promesse,

Après les jours de l'avenir !

Mais ils viendront ces jours de gloire !

Et tout œil humain te verra

Sur ton noble char de victoire,
Héros sublime de Botsra!
Alors, alors plus d'infamie,
Plus de manteau d'ignominie,
Plus d'amertume au fond du cœur,
Mais des tempêtes enflammées,
Mais des foudres, mais des armées,
Mais tout l'appareil d'un vainqueur!

Comme un homme lâche qui tremble,
Ils auront le cœur tout brisé,
Ces méchans qui ligués ensemble
L'avaient follement méprisé.
Ils s'effraîront de leur ruine,
Ils se frapperont la poitrine,
Ils se tordront dans leur remord,
Et pour échapper à leur juge,
Ils demanderont un refuge,
Un dernier refuge à la mort!

La mort! non, non, race coupable!
Mais le jugement sans recours,

Mais l'Eternité formidable,
Mais l'Enfer qui dure toujours!
Vous l'aurez, comme un ver qui ronge,
Comme un glaive qui toujours plonge,
Comme un feu qui brûle éternel;
Vous l'aurez toujours face à face,
Comme un spectre horrible qui passe
Dans les rêves d'un criminel!

Achetez maintenant encore
Pour un bonheur qui doit finir,
Pour un présent qui s'évapore
Tous les tourmens de l'avenir!
De vos sages chantez la gloire,
Du Christ insultez la mémoire,
Transformez le temple en bazar,
Jusqu'au jour où celui qu'on raille
Ecrira sur votre muraille
L'arrêt qui frappe Balthasar!

Et nous que la douleur abreuve,
Nous les brebis du bon Pasteur,

Attendons la fin de l'épreuve,
Attendons le Libérateur!
Veillons, toujours ceints de nos armes,
L'oraison, le jeûne, les larmes,
La langue sainte de l'amour,
Veillons, comme la sentinelle,
Comme le serviteur fidèle,
Dans l'attente de son retour!

XVI.

Jusques à Quand.

Entends, Seigneur, ma voix faible et chagrine,
Viens apaiser le cri de mon remord!
Pâle et tremblant sous la crainte divine,
Je hais la vie et redoute la mort!

Je m'étais dit dans mes vœux pleins de flamme :
« L'Esprit divin purifira mes jours. »
Mais cette grâce en vain je la réclame;
Et ce beau rêve est tombé pour toujours.

Je ne sens plus l'alégresse première
Dont je fus plein quand ta voix m'eut instruit.
Et dans ma lampe où s'éteint la lumière,
Je manque d'huile et je vais dans la nuit.

Je porte en moi le péché que j'abhorre,
Comme un ulcère attaché sur mes os.
Et de mon âme où l'effroi règne encore
Ton nom lui-même a banni le repos.

Je me lamente en ma misère extrême !
Mais du tourment qui me force à crier,
Mon faible cœur n'accuse que lui-même :
Il sait ton nom et ne veut pas prier !

Ainsi, toujours, sans qu'un espoir m'effleure,
Je dois souffrir, comme un pauvre exilé !
Toujours en moi quelque douleur qui pleure !
Triste toujours et jamais consolé !

Jusques à quand dois-tu plier tes ailes
Sous le fardeau qui t'accable, ô mon cœur,
Et près d'atteindre aux voûtes éternelles,
Tomber plus bas, énervé de langueur ?

Quand pourras-tu briser la chaîne immonde
Qui dans la fange étreint ta liberté,

Et dans ton Dieu, source toujours féconde,
Eteindre enfin ta soif de pureté?

Quand verras-tu ces lieux si pleins de charmes
Que tu poursuis de tes vœux superflus?
Quand ton Sauveur, pour essuyer tes larmes,
Te prendra-t-il où le mal ne vit plus?

Encore un jour! et ce Dieu débonnaire
Qui comme toi pleura dans ce séjour,
De ton exil finira la misère!
Le Ciel t'attend! mon cœur, encore un jour!

XVII.

Les dix Vierges.

Parabole.

(MATTH. XXV.)

L'HEURE s'approche, il faut la prévenir ;
Rassemblez-vous, sœurs de la fiancée,
Et sans retard, allez vous réunir
Près de l'Epoux qui, joyeux, va venir
     Au gynécée.

Et toutes dix ont pris leur lampe en main *
Pour faire honneur à leur jeune compagne,

---

* Chez les Juifs, les amies de l'épouse, ordinairement au nombre
de dix, allaient l'attendre et la reconduisaient chez son fiancé à la
lueur de leurs lampes. Elles y faisaient un festin.

Et vont disant tout le long du chemin :
Quand viendra-t-il, (cette nuit ou demain ?)
De la montagne ?

Non pas demain, mais ce soir il viendra,
Ce soir à l'heure où la nuit sera sombre,
Ce soir, ce soir, lorsque tout dormira;
Mais gardez-vous, lorsqu'il arrivera,
D'être dans l'ombre !

De l'huile donc, de l'huile pour y voir,
De l'huile encor pour prolonger la veille,
Et dans vos cœurs gardez-vous de déchoir,
Et de dormir, — car le lion, le soir,
Rugit et veille ! —

Cinq ont de l'huile , et sans en apporter,
Les autres cinq : — nous en avons encore :
De vains soucis pourquoi nous agiter ?
Oh ! nous pouvons sans peur rire et chanter
Jusqu'à l'aurore !

Asseyons-nous, l'air est pur et vermeil!
Et, tout causant, les sages et les folles
Sentent leurs yeux se fermer de sommeil.
Hélas! bientôt quel terrible réveil
    Pour les frivoles!

Minuit, minuit! voici venir l'époux!
Un cri perçant retentit par la ville :
Il est venu! vierges, réveillez-vous!
Et cinq alors disent : que ferons-nous?
    Nous manquons d'huile!

Elle a tari pendant que nous dormions :
O sœurs, nos sœurs, donnez-nous de la vôtre!
Donnez, donnez, nous vous en supplions!
Hélas! jamais fut-il d'afflictions
    Comme la nôtre?

— De vous aider avons-nous le pouvoir?
Non, hélas! non, disent-elles craintives;
Achetez-en à qui peut en avoir!

Et les laissant elles courent s'asseoir
    Près des convives.

Dès-lors la porte est fermée aux verroux.
Les autres cinq, jetant des cris funèbres,
Disent bientôt : ouvrez-nous, ouvrez-nous !
Il est trop tard, restez, leur dit l'époux,
    Dans les ténèbres !

Veillons, veillons, dans un saint tremblement !
Autour de nous toujours l'ennemi rampe !
Frères, veillons, gardant soigneusement
La flèche à l'arc, au corps, le vêtement,
    L'huile à la lampe !

XVIII.

Deux ans après.

Voici le mois où le maître que j'aime
Pour me sauver vint le premier lui-même
    Et m'appela :
Où tout joyeux de l'appel magnifique,
Mon pauvre cœur, à cet époux mystique,
    Dit : Me voilà!

Oh! dans mes jours époque à jamais belle!
J'étais alors tout amour et tout zélé
    Et tout ferveur :
Tout était joie et repos dans mon âme;
Et tout mon cœur brûlait comme une flamme
    Pour le Sauveur.

Tous mes instans se fondaient en prière ;
Et d'harmonie et d'air et de lumière
  Je m'enivrais,
Et pour bénir, des bois et des collines
Et des vallons et des plaines marines,
  Je m'inspirais.

Le vent du soir, les nuages, l'aurore,
Le sombre éclat de la foudre sonore,
  L'éclair du feu,
Le jeune oiseau qui s'égaie ou soupire
Tout m'enflammait, tout m'enseignait à dire
  Le nom de Dieu.

Et dans ce nom que l'infini proclame
Dieu trois fois saint, trois fois béni pour l'âme
  Et grand trois fois,
J'aimais surtout la charité sublime
Et la douceur qui le firent victime
  Sur une croix !

Chaste et fervent d'amour et de pensée

J'avais de lui, comme une fiancée,
>> Le cœur épris,
Et je gardais de tout souffle adultère
Son anneau d'or, sa perle de mystère
>> Et de grand prix.

Car je savais que son joug était tendre,
Douce la voix qu'il me faisait entendre,
>> Son poids léger,
Et je disais, enflammé par l'extase,
Jamais ce cœur que tant d'amour embrase,
>> Ne peut changer!

Or de ce mois si plein de belles choses,
Si frais tombé, comme parfums et roses,
>> Des mains du temps,
Voici bientôt que les jours que je pleure
S'en sont allés, aussi légers qu'une heure,
>> Depuis deux ans!

Ils m'ont tous fui, plus de ferveur candide,
Plus d'amour jeune, et dans mon âme vide

Plus de soupir !

Rien n'est resté dans mon cœur solitaire,

Et j'ai senti leur douce voix se taire

Et s'assoupir !

Serait-ce, hélas ! mon Dieu que de ta vigne

Ta main m'aurait, comme ouvrier indigne,

Jeté dehors ?

M'aurais-tu pris mon vêtement de noce,

Et pour toujours délaissé dans la fosse

Au rang des morts ?

Non, non, mon Dieu ! du fond de sa misère

Mon âme pleure et pourtant elle espère

Et vit de foi !

Tu m'as frappé pour lui faire comprendre

Que le secours de toi seul peut s'attendre

Et non de moi !

Quand elle aura, pauvre fleur épuisée,

Baissant la tête, imploré la rosée

Du jour vermeil,

Alors au fond de son calice vide,
Tu verseras un peu d'haleine humide
Et de soleil !

Pour elle alors viendront à tire-d'aile
Enchantement, plaisir, fête nouvelle,
Paix qui m'a fui !
De mon Sauveur j'aurai la joie encore,
Et dans mon ciel reparaîtra l'aurore
Qui m'avait lui !

XIX.

Le Retour.

Comme l'apôtre ingrat qui renia son Maître,
J'ai prié le Seigneur d'un esprit angoissé;
Et l'aube dans ma nuit n'a pas tardé de naître,
Et j'ai revu l'ami que j'avais délaissé.

Il m'a tendu la main au fond de ma poussière :
Et mes pleurs ont coulé quand sa bouche m'a dit :
« Enfant qui m'as quitté, je suis toujours ton père,
» Et qui revient à moi ne sera pas maudit! »

Et maintenant, joyeux comme l'enfant prodigue,
Je foule de nouveau le seuil accoutumé;
Et je dis, reposé de ma longue fatigue,
« Je veux t'aimer toujours, toi qui m'as tant aimé! »

Je ne marcherai plus dans les sentiers profanes
Où vont aveuglément les hommes d'ici-bas,
Et je repousserai les biens que tu condamnes
Ainsi que des poisons qui naîtraient sous mes pas !

Je dirai chaque jour : « Marchons devant sa face ! »
Et je dépouillerai le doute injurieux,
Plongeant avec amour dans les eaux de ta grâce,
Et ne vivant qu'en toi qui m'as donné les cieux !

XX

Le Regard de Jésus.

Il est un regard pacifique
Qui luit dans mon âme en tout lieu ;
Regard pur et mélancolique
Non d'un œil mortel mais d'un Dieu.
Ce regard, vision sublime,
C'est le tien, ô chaste victime,
Dieu qui pour moi voulus mourir,
Et qui, toujours propice et tendre,
Du ciel encor daignes m'entendre,
M'encourager et me bénir.

Ce regard, lumière divine,
Resplendit sur mes jours mauvais,

Et comme un fanal illumine
La route funèbre où je vais.
Il vient à moi lorsque je veille,
Il m'apparaît quand je sommeille,
Toujours, toujours je le revois;
Et toujours, quand il vient me prendre,
Je crois, tant il est doux et tendre,
Le voir pour la première fois.

Quand sous le poids de ma misère
Je languis, le plus abattu,
Il me visite comme un frère
Et me donne un peu de vertu.
Il semble me dire à cette heure,
Il est un avocat qui pleure
Avec les cœurs humiliés;
Pauvre pécheur, dis-lui ta peine,
Et jette, comme Madeleine,
Toutes tes douleurs à ses pieds!

Mais c'est surtout quand je succombe
Sous le mal qui me fait la loi,

Et renie ainsi dans sa tombe
Le Sauveur immolé pour moi :
C'est alors que plein de tristesse
Le doux regard sur moi s'abaisse ;
Et moi, pâle et tremblant alors
Il me vient aussi, comme à Pierre,
Des pleurs amers à la paupière,
Au fond du cœur, un long remords.

Il apporte enfin à mon âme
Les rêves les plus désirés,
Des transports qui font que je pâme,
Des plaisirs toujours plus sacrés.
Comme le feu qui purifie,
S'il me touche il me sanctifie,
Il me fait comme un nouveau jour ;
Et renouvelant tout mon être
Dans mon cœur plus tendre il fait naître
Les tressaillemens de l'amour.

O regard, flambeau que j'implore
Dans les élans de ma ferveur,

Toujours à mon œil qui t'adore,
Brille, regard de mon Sauveur!
Oh! que ce soit ta douce flamme
Qui charme et console mon âme
A l'heure du dernier sommeil;
Et du tombeau perçant le voile
Que ce soit la première étoile
Qu'elle salue au grand réveil!

XXI.

Epilogue.

À mon Lecteur.

Ainsi, je t'ai parlé de la source du mal
Qui nous a fait maudire au divin tribunal ;
Du sang qui, répandu sur une croix infâme,
Amène par la foi la guérison de l'âme ;
Et du grand jugement, jour encore à venir,
Et de cet autre jour qui ne doit pas finir.
Adieu donc, maintenant ! et si ma voix chrétienne
A trouvé quelque écho dans le fond de la tienne,
Souviens-toi du pécheur qui te parle aujourd'hui,
Et priez tous les deux, lui pour toi, toi pour lui !

FIN.

Table.

FIN DE LA TABLE.

www.ingramcontent.com/pod-product-compliance
Lightning Source LLC
Chambersburg PA
CBHW071122260626

47162CB00006B/2426

* 9 7 8 2 0 1 1 3 2 0 7 6 6 *